검은 고양이

검은 고양이

백건우 소설

교유서가

검은 고양이

내가 가지고 있는 몇 권 안 되는 책 가운데는 옛날에 헌책방을 하면서 모아두었던 것과 최근에 구입한 것이 반씩 섞여 있다. 헌책의 대부분은 고물장수가 가져온 헌책 더미에서 아주 헐값에 사들인 것들이었다. 그중에는 식민지 시대에 만들어진 책도 있었다.

　조선총독부에서 펴낸 『조선보물목록』, 1944년에 창간된 월간지 『문장』 창간호가 있고, 1944년 '조선도서출판주식회사'라는 곳에서 나온 친일문학가들의 단편소설집 『반도작가 단편집』도 있었다. 이 책은 정비석, 정인택, 향산광랑(香山光郎, 일본 이름으로 고친 춘

원), 조용만, 유진오, 이무형, 장덕조 등 당시 쟁쟁한 친일 문인들이 국어(일본어)로 쓴 소설집이다. 표지 그림은 이승만이 그렸다. 1939년에 만들어진 『성경』, 경제학 서적과 『불란서문학서설』 등 당시에 나온 연구 서적도 몇 권 더 있다.

가장 눈길을 끄는 것은 『홍문원』이라는 책이다. 1944년에 조선총독부에서 펴낸 것으로, 표지 다음 장에 '極秘'라고 적혀 있어서 호기심이 발동할 만했다. 실제로 이 책은 일본 밀정이 만주에 있는 '홍문원'이라는 건물을 오랫동안 관찰한 다음 작성한 보고서이다. 그 밀정이 일본인이었는지, 조선인이었는지 혹은 중국인이었는지는 알 수 없다.

앞부분에는 몇 장의 사진까지 곁들여 있어서 당시의 모습을 생생하게 볼 수 있었는데, 한마디로 비참함 그것이었다. 홍문원은 오늘날로 말하자면 상가식 아파트라고 할 수 있다. 2층으로 된 목조건물이 ㅁ자 형태를 이룬 집으로, 아래층은 상가이고, 2층은 여인숙과 같은 기능을 했다.

1층 상가에는 음식점, 잡화점을 비롯해 온갖 물건을 파는 가게가 들어 있었는데, 당시 유행하던 아편과 같은 마약도 거래되고 있었다. 2층은 주로 숙박 시설로 대부분 부랑자, 범죄자, 마약중독자, 상습도박자 등이 모여 있었다. 더불어 매춘 여성도 진을 치고 있었는데, 서로 기생하며 살아가는 모습이 사진 속에도 보였다.

『홍문원』을 쓴 밀정은 아주 치밀하고 세심한 인물이었던 듯싶다. 그곳 사람들과도 친하게 지낸 것으로 보이는데, 한 사람, 한 사람에 대한 생김새, 성격, 언어, 습관, 별명, 인간관계, 재산 정도, 경력, 가족 상황, 현재의 재정 상태, 취급하는 업종, 직업, 마약 복용 여부, 친구들의 성분 등 이루 헤아릴 수 없을 만큼 많은 부분을 기술하고 있었다.

재미있는 것은, 홍문원에서 장사를 하고 있던 가게 주인 가운데 적지 않은 숫자가 경찰 출신이라는 데 있다. 대부분 만주에서 경찰 노릇을 하다가 독직이나 죄를 짓고 쫓겨난 후 이곳에서 포주 노릇을 하거나 마약 밀매 등의 일을 하고 있었다. 밀정은 이런 점까지 놓치지 않고 기술하고 있다.

책을 읽을수록 놀라운 얘기가 전개되었다. 중간에는 일부러 그려서 집어넣은 커다란 삽화가 접혀 있었다. 홍문원의 외부와 내부를 그린 것으로, 칸칸으로 나눈

곳마다 상점의 이름이 적혀 있고 도표로 주인 성명, 취급 물품, 성향 등을 적어놓았다.

나는 밀정이 아편중독자를 묘사하는 대목을 읽다가 다음과 같은 문장을 발견했다.

……아편은 만주에서 조선으로 상당량이 밀반입되고 있는데, 아편 밀매자들은 기상천외한 방법으로 아편을 옮긴다. 일반 사람이라면 도저히 상상할 수 없는 방법들이다. 아편을 기름종이에 싸서 항문에 넣는 방법은 많이 알려졌다. 어떤 사람들은 이빨을 빼낸 다음, 그 이빨의 안을 파내어 공간을 만들어 그 속에 아편을 넣기도 하며, 허벅지 안쪽을 칼로 째고 그 안에 넣은 다음 상처가 아물기를 기다려 옮기는 방법도 있다. 그런데 최근 전혀 새로운 방법이 등장했다. 그것은 편지지나 그림의 뒷면에 아편을 발라 종이로 한 겹을 덧씌우고 액자에 표구를 해서 옮기는 방법이다……

편지나 액자 속에 마약을 넣어서 운반했다는 말이다. 나는 그 글을 읽으면서 벽에 걸려 있는 그림을 보았다. 믿기지 않았지만 그 그림의 뒷면에 '一九四一年'이라는 숫자가 적혀 있었기 때문이다.

반드시 마약 때문은 아니었지만, 나는 액자를 뜯어 보고 싶었다. 그림이 방에 걸리고 나서 생긴 일련의 일들에 대한 미신적인 의심도 있었고, 무엇보다도 호기심이 앞섰기 때문이었다.

고양이 그림이 그려진 액자는 청계천 벼룩시장에서 구입한 것이다.

청평화시장이 끝나는 곳에 사거리가 나타나고, 횡단보도를 건너면 바로 내가 자주 찾는 벼룩시장이 시작된다. 본디 이름은 중앙시장 또는 황학동시장인데, 이곳에 하루 서너 시간씩 온갖 잡동사니를 모아놓은 장이 서는 데서 이런 이름이 붙었다.

이 일대는 헌책방을 비롯해 온갖 종류의 물건이 수시로 바뀌면서 장이 선다. 건물 뒤쪽으로 상설시장이 있기는 하다. 시계, 전화기, 카메라, 가전제품, 오디오, 게임 오락기 등을 수리하고 판매하는 장이 형성되어 있고, 성동공고 건너편에는 가구시장도 있다.

그러나 이 시장의 가장 큰 묘미는 역시 오후에 반짝 서는 '벼룩시장'이다. 큰길 옆으로 오후가 되면 장사치

들이 슬슬 모여들기 시작하는데, 이들이 펼쳐놓는 물건을 보면 가히 놀랄 만하다.

망가진 전화기, 알 없는 안경, 신다 버린 신발, 오래된 시계, 불에 그슬린 카세트테이프, 8밀리 영사기, 비디오테이프, 스텐 그릇, 양주병, 은수저, 도자기, 콤팩트디스크 등 고물상에서 주워온 온갖 고물들과 최신 전자제품에 이르기까지 없는 것이 없을 정도로 다양하다.

얼마 전에도 나는 이곳 벼룩시장을 찾았다. 특별한 목적이 없어도 구경을 하다가 쓸 만한 물건이 있으면 사는 것이 내 방식이다. 벼룩시장에는 언제나 새로운 물건이 나온다는 기대감이 있어서 좋다.

시장 아래쪽에서 물건을 구경하며 올라가기 시작했다. 오른편으로 죽 늘어선 건물에는 헌책방이 있고, 왼편으로 보도를 반쯤 차지하고 선 반짝장에는 무선마이크, 텔레비전 확대경, 덤핑 옷가지 등을 팔고 있었다. 호두과자도 구워 팔고 덤핑 신발도 널려 있다.

그러나 그날 시장에는 특별히 볼만한 것이 없었다. 늘어선 노점이 끝나는 위쪽으로는 보일러가게가 있었다. 사람의 통행도 뜸하고, 쓸쓸한 거리가 시작되는 곳에 이르자 나는 아쉬움으로 주위를 살폈다.

그때 어떤 노인이 눈에 띄었다. 별생각 없이 무심하게 앉아서 졸고 있는 듯한 노인을 지나치던 나는 그 앞에 놓인 그림을 발견했다. 서너 장의 그림. 취미로 그렸을 것 같은 조악한 서양화 한 점과 병풍에서 뜯어낸 자수 그림 한 점. 그리고 작은 액자에 들어 있는 고양이 그림……

그랬다. 거기에 있는 고양이 그림은 아주 낯설었지만 왠지 그 자리에는 어울려 보이지 않았다. 베르나르 뷔페가 그린 듯한 직선적이고 간명한 터치. 암회색 배경에 검은 몸이 마치 어둠 속에 숨어 있는 듯한 고양이는 두 눈을 정면으로 바라보고 있었다. 크고 밝은 두 눈과 그 사이로 지나가는 가슴의 흰색 무늬가 선명하게 눈에 띄었다. 전체적으로 안개가 덮인 듯 흐린 분위기가 신비하게 보였다.

장난으로 그린 그림은 아니었다. 그렇다고 유명 화가의 작품도 아니었다. 서명도, 낙관도 없는 그림은 아주 오래된 것일 수도, 최근에 만들어진 것일 수도 있었다.

그림을 좀더 자세히 보기 위해 다가갔다. 노인은 여

전히 졸고 있었다. 그이의 옆에는 먹고 난 일회용 컵라면이 놓여 있었다. 벌건 국물이 말라붙은 일회용 용기와 나무젓가락. 노인이 입고 있는 군용 점퍼는 털이 거의 빠져서 몸을 따뜻하게 해줄 것 같지 않았다. 그의 목에서 어깨로는 상처의 흔적이 보였다. 불에 덴 것 같기도 하고 거친 물건에 부딪혀 파인 것 같기도 했다.

나는 천천히, 자세히 그림을 들여다보았다. 아마추어의 솜씨가 아니었다. 하지만 아무런 표식도 없어서 그린 이가 어떤 사람인지는 발견할 수 없었다. 나는 액자를 들어 뒤를 살폈다. 아무것도 없다고 보았는데, 자세히 보니 흐린 연필 글자로 一九四一年이라고 적혀 있었다. 나는 깜짝 놀라 그림을 다시 들여다보았다.

1941년이라면 무려 50년이 넘은 세월이다. 해방과 전쟁의 소용돌이 속에서도 멀쩡하게 남아 있다는 것이 우선 신기했다. 이 그림이 무려 52년이나 되었다는 말인데, 나는 믿을 수가 없었다. 장사꾼들의 농간일 거라고 생각했다. 하지만 그림은 마음에 들었다. 뒷면의 숫자가 설령 가짜라고 해도 그다지 기분 나쁘지 않았다.

주위에 사람들은 거의 없었다. 노점상이 늘어선 곳과도 거리가 있어서 이곳까지 찾아오는 사람도 없었고, 지나가는 행인도 드물었다. 그런 곳에서 노인은 고목처럼 앉아 있었다.

"할아버지, 이 그림 얼마예요?"

노인은 천천히 움직였다. 눈썹을 움직이고 가늘게 실눈을 뜨더니 고개를 들었다. 손님이 온 것도 귀찮다는 표정이었다.

"팔천 원."

살 테면 사고 말 테면 말라는 투였다. 별 쓸모없는 그림에 돈을 쓰는 것이 무모한 짓으로 여겨지기도 했으나, 팔천 원 정도면 노인을 위해서라도 쓸 만한 돈이었다. 나는 돈을 꺼냈다. 돈을 받아든 노인은 나를 천천히 바라보더니 다시 졸기 시작했다.

작은 그림 한 점에 팔천 원을 주었고, 클래식 카세트테이프를 열다섯 개에 만 이천 원을 주었으니 오늘은 그리 나쁘지 않았다. 때로 물건을 산 다음 후회한 적이 있었는데, 적어도 오늘은 후회는 하지 않았다.

그림은 내 방에 걸렸다. 내 방은 아주 작다. 삼면으로 책장이 천장까지 세워져 있고, 커다란 책상 위에는 컴퓨터와 프린터, 오디오가 놓여 있다.

혼자 겨우 누울 만한 공간이 있을 뿐, 남은 한쪽 벽도 일 년 치 계획표와 달력이 있어서 그림이 들어갈 곳은 컴퓨터 뒤쪽 벽의 자투리 공간뿐이었다. 그곳에 못을 박고 액자를 걸었다. 액자가 작아서 공간에 어울렸다. 그림이 단순하고 무채색이어서 부담도 없었다.

하지만, 그림을 걸어놓고 나서 내 머릿속에는 엉뚱하게도 에드거 앨런 포의 단편소설「검은 고양이」가 떠올랐다. 왜「검은 고양이」를 연상하게 되었을까.

'고양이'라는 동일한 단어가 있었기 때문일까. 그렇더라도 하필이면 에드거 앨런 포의「검은 고양이」란 말인가. 고양이 때문에 아내를 도끼로 살해하고 지하실 벽에 세워 벽을 쌓는 그 끔찍함. 그리고 그 벽 속에서 들리는 저주의 고양이 울음소리…… 이런 것들이 연상되면서 고양이는 요물로 변신하고 있었다.

하지만 고양이가 서양에서 마녀의 화신이라든가 저주받은 악마의 심복이라는 전설이 있다는 사실을 모르는 것도 아니고, 길들기는 했지만 여전히 야성을 고스란히 간직한 동물이라는 것을 모르는 바도 아닌 바에야 그깟 단편소설 하나 때문에 고양이를 터부시한다는 것도 우스웠다. 더구나 이 그림의 고양이는 살아 있는 동물도 아니지 않은가.

그림 속의 고양이는 언제나 그 자리에 있었다. 하지만 시간이 지나면서 모습은 조금씩 달라 보였다. 그림 속의 고양이는 늘 그 자리에 있었지만, 언제나 조금씩 달라 보였다. 기분이 좋아서 방을 들어설 때면 귀엽고 사랑스러운 애완용 고양이로 앉아 있었고, 화가 나거나 짜증이 나서 방에 들어설 때면 섬뜩한 표정으로 나를 바라보고 있었다. 풀죽어 우울한 표정을 지으면 고양이도 함께 측은한 눈길로 우울해했다.

정말 이상한 일이었다. 심지어는 이런 일도 있었다.

어느 날인가 일찍 잠자리에 들어 새벽녘에 잠이 깨었다. 주위는 고요했고, 창문으로 들어오는 희미한 불빛만이 방안에 있는 사물의 윤곽을 보여주고 있을 뿐이었다. 그때, 무심결에 바라본 그림 속에서 고양이의 눈이 파랗게 빛나고 있는 것을 보았다.

그때의 심정이란. 분명히 파란빛을 내뿜고 있었다. 야수에게서 볼 수 있는 그런 눈빛이었다.

그림 속의 고양이는 살아 있었던 것이다. 두려움에 떨며 한동안 숨도 제대로 쉴 수가 없었다. 나는 굳어버린 채로 그림을 바라보았다. 어둠 속에서 그림은 보이

지 않았다. 다만 눈빛이라고 생각되는 파란빛 두 개만
이 선명하게 빛나고 있었다. 그렇게 얼마 동안인가 계
속되던 불빛이 서서히 약해지더니 마침내 사라지고 말
았다.

불빛이 사라지고 나서도 한동안을 그렇게 숨죽이고
있었다. 마치 방안 어딘가에 고양이가 웅크리고 앉아
있는 듯한 느낌이었다. 온몸에서 식은땀이 흘렀다.

나는 벌떡 일어나 전기 스위치를 올렸다. 형광등이
깜박거리더니 방안이 환하게 밝아졌다. 한숨을 내쉬며
방안을 둘러보았다. 달라진 것은 없었다. 그림도 제자
리에 걸려 있었고, 그림 속의 고양이도 여전히 무표정
한 채 앉아 있었다.

나는 날카로워진 신경을 탓했다. 요즘 신경쓰는 일
이 많아서 아마 정신적으로 많이 피로해 있었던 탓이
라고 생각했다. 실제로 피곤했다. 출판사와 계약한 원
고의 마지막 손질을 하고 있었고, 새로운 기획물을 준
비하느라 자료 수집을 위해 도서관을 돌아다녀야 했기
때문에 집에 들어오면 지쳐 쓰러지기 일쑤였다.

그후 그런 일은 다시 일어나지 않았다. 새벽에 깨는
일도 없었고, 의식적으로 그림을 쳐다보지 않았다. 낮

에 보는 그림은 아무렇지도 않았다. 무채색의 조화가 잘 이루어져서 깔끔하고 분위기가 있었다.

미신이나 터부를 무시하지는 않았지만 그렇다고 믿는 것도 아니었다. 고양이에 대한 선입견이 좋은 것은 아니었으나, 그것은 주로 서양에서 유래된 것들이고 터무니없는 내용들이어서 다만 고양이 그림이라는 이유만으로 버려져야 한다는 것이 부당하게 생각되었다. 따라서 나는 그림을 그대로 걸어두었다.

그림은 그 자리에 계속 걸려 있었고, 한동안 잊고 지냈다. 그러던 어느 날, 외출하기 위해 엘리베이터를 타고 내려가는 동안 아주머니 둘이 나누는 대화를 우연히 듣게 되었다.

"누구네 집에서 고양이를 키우나봐요."

"글쎄 말이에요. 아파트에서는 동물을 키우지 못하게 되어 있는데, 어떤 몰지각한 사람이 들여놓았는지 몰라도, 그렇게 밖으로 내몰아서 아파트가 온통 지저분해지고 말았어요."

"혹시 도둑고양이가 아닐까요?"

"먹을 것도 없는 아파트 복도를 어슬렁거리는 도둑고양이가 어디 있겠어요? 그것도 새벽에만……"

"경비 아저씨에게 꼭 잡으라고 당부해야겠어요."

"그럼요. 온통 시커먼 것이 기분 나쁘게 생겼더라니까요."

"고양이를 보셨어요?"

"네, 그때 얼마나 놀랐던지…… 남편이 술 마시고 늦게 들어오는 바람에 잠도 못 자고 기다리는데 이상한 소리가 들리지 않겠어요. 꼭 아기 울음소리 같기도 하고…… 누가 이 새벽에 아이를 울리나 싶어 밖으로 나가보았죠. 그랬더니……"

마침 엘리베이터가 1층에 멈추는 바람에 대화가 끊기고 말았다. 나는 무심코 지나쳤다. 며칠이 지나고 나서 그 이야기를 다시 기억해냈다. 어머니가 같은 내용의 이야기를 꺼낸 것이다.

나는 아파트에 나타나는 고양이를 다른 집에서 키우고 있거나 도둑고양이 정도로 생각하고 있었다. 그런데, 아주 조금씩 내 방의 분위기가 달라지기 시작했다. 처음에는 전혀 느낄 수 없었는데, 어느 날인가 비가 많이 내린 밤이 지나고 아침까지 가랑비가 안개처럼 흩뿌리던 날에 나는 방에서 이상한 느낌을 받았다.

그것은 눈으로 발견했다기보다는 냄새로 알았다는

것이 정확할 것이다. 그리고 그 원인이 바로 고양이 그림 때문이었다는 걸 안 것은 좀더 시간이 흐른 다음이었다.

비가 오는 날 맡을 수 있는 비릿하고 눅눅한 습기를 머금은 냄새, 새벽이슬을 맞아 상큼하고 향긋한 풀냄새, 도시에서는 전혀 맡을 수 없는, 그래서 본능적으로 느끼게 되는 흙냄새 같은 낯선 냄새들이 순간적으로 코끝을 스치고 지나갔다.

이런 냄새는 가끔씩 방안을 떠돌다 사라졌는데, 특히 아침에 자주 그랬다.

나는 오랜만에 그림을 자세히 들여다보았다. 베르나르 뷔페를 연상케 하는 직선과 무채색의 단순함이 썩 마음에 드는 그 그림 속에서 아무 일도 없다는 듯 무표정하게 앉아 있는 고양이의 모습을 보자 왠지 모를 새벽 한기가 느껴졌다. 그렇게 생각하니 정말 고양이의 털에 묻은 이슬이 보이고, 막 후드득 몸을 털어낸 고양이가 그 자리에 앉아 있는 듯했다.

그때였다. 내가 고양이 울음소리를 들었다고 느낀 것은.

아주 작은 소리였다. 그림 속에서 들려오는 울음소

리에 놀라서 한 걸음 뒤로 물러섰다. 고양이가 움직이는 듯했다. 그러나 사실은 아무 일도 일어나지 않았다.

그 일이 일어나지 않았다면 나는 그림의 비밀을 알 수 없었을 것이다. 지난 역사의 갈피를 확인한다는 것은 흥미로우면서도 고통스러운 일이었다. 그것도 아주 우연히 맞닥뜨린 사건 속에서.

드라이버로 조심스럽게 나무판을 뜯어내자 묵은 먼지 냄새가 나면서 누렇게 말라버린 그림의 뒷면이 드러났다. 혹시나 기대했던 어떤 것도 보이지 않았다. 멋쩍은 설렘을 추스르며 그림 뒷면을 보았다. 그런데, 거기에는 작은 글씨로 '朝鮮光州府本町1丁目 湖南書院 電話 350番'이라는 글자가 적혀 있었다. 그저 무심히 지나칠 수도 있었지만 나는 그 주소를 수첩에 옮겨 적었다.

나의 호기심은 여기서 일단 멈추었다. 주소가 전라남도 광주여서 일부러 시간을 내지 않고는 가보기가 어려웠기 때문이다. 그후 한동안 이 일에 대해서 잊고 있다가 우연한 기회에 광주에 들르게 되어 나의 호기심은 다시 살아났다.

광주는 나에게 추억이 있는 곳이다. 하긴, 어떤 의미에서 이 땅에 사는 모든 사람들에게 새로운 역사를 부여한 곳이기도 할 것이다. 80년 광주를 떠올릴 때마다 다짐하게 되는 잊지 못할 기억들.

광주를 다시 찾은 것은 다른 일 때문이었다. 전라도 지방을 다니면서 자료 수집을 해야 할 일이 있었다.

1589년에 정여립의 모반 사건이 발생한 후, 정여립은 그가 거처하던 죽도에서 아들을 죽이고 스스로 목숨을 끊은 것으로 알려져 있었다.

그런데, 내가 최근에 고물상에서 구입한 한 고서적을 읽다가 놀라운 사실을 알아냈다. 그 책의 필자가 바로 정여립이고, 그 책은 그가 죽기 직전에 쓴 자필 수기였던 것이다. 이런 책이 존재한다는 것조차 상상하지 못했던 나로서는 엄청난 충격과 함께 가슴 설레는 호기심이 끓어올랐다.

정여립에 관한 논란이 끊이지 않는 학계에 놀라운 소식이 될 것이 틀림없었다. 하지만 이런 내용을 밝히기 전에 보다 확실한 증거를 확보할 필요가 있었다.

나는 정여립의 본가인 전주를 중심으로 정씨 후손들을 만나는 작업을 하면서 정여립의 육필 수기 내용을 확인하려 했지만 만족할 만큼의 성과는 얻질 못했다.

광주에 도착하고 나서도 '朝鮮光州府本町1丁目 湖南書院'을 찾아보겠다는 생각을 의식적으로 했던 것은 아니다. 예전과는 비교도 할 수 없을 만큼 달라진 시내를 돌아다니다가 금남로에 있는 헌책방에 들러서 비로소 생각이 난 것이다. 마침 책방의 주인은 늙수그레한 노인이었다.

"영감님, 혹시 일본제국주의 시절에 광주부 본정 1정목이 어디에 있었는지 알고 계십니까?"

뜻밖의 질문을 받은 주인은 나를 물끄러미 바라보았다. 안경 너머로 그의 눈이 잠깐 동안 날카롭게 빛났다. 정확한 답을 기대한 것은 아니었으므로 마침 손에 들었던 『조선지배층연구』를 내밀었다. 주인은 봉투에 책을 넣어주면서 말했다.

"젊은 분이 일제 때 주소는 무엇에 필요하시오?"

그의 말투는 낮고 무거웠다.

"뭘 좀 알아보려구요. 꼭 찾아야 할 필요는 없습니다만, 혹시 아시나 해서요."

"글쎄올시다, 본정이라면 광주 시낼 테고 1정목이면 지금 충장로1가쯤이 아닐까 싶은데……"

노인은 슬쩍 내게 눈길을 주었다가 다시 책꽂이를 향했다.

"혹시 옛날 그 자리에 있던 책방을 찾는 것은 아니시오?"

미심쩍은 눈길로 나를 쳐다보는 노인의 말투는 무겁게 가라앉아 있었다.

"아니, 그걸 어떻게 아셨습니까?"

놀랍기도 하고 반갑기도 해서 한순간 내 목소리가 높아졌다.

"호남서원이라고 하더군요."

노인이 뭔가 알고 있다는 생각이 들었다. 그는 가볍게 고개를 끄덕였다.

"그런데, 그 주소는 왜 찾으시오?"

"제가 우연히 얻은 그림 뒤에 주소와 서점 이름이 씌어 있더군요. 그래서 그 서점에 관해 아시는 분을 좀 만나 뵈었으면 해서 수소문을 하고 있었습니다."

"뭘 알고 싶으시오?"

"영감님께서 알고 계십니까?"

"나도 이곳 토박이니 이런저런 이야기를 주워들은 것이 있소만……"

나는 그림에 관한 이야기를 했다. 그림 속의 고양이와 고양이가 살아 있는 듯한 이상한 일이 일어나고 있는 것까지.

"그러니까, 그 그림을 그린 사람이 누군지 알고 싶다는 말이오?"

"네, 그림을 그린 분도 궁금하지만, 그림과 서점이 어떤 관계였는지도 궁금합니다."

"낸들 그런 것까지 알 수가 있나……"

노인은 말끝을 얼버무리고 잠시 뜸을 들이더니 말을 시작했다.

1936년에 광주고보 학생들이 주축이 되어 독서회를 만들었다. 당시 독서회에 가입한 학생은 대부분 항일 의식과 반제국주의 항쟁에 열의를 가지고 있었다.

그들의 독서회는 다른 독서회와 마찬가지로 일본 특무대의 감시를 받고 있어서 일종의 비밀결사처럼 은밀한 만남으로 이어졌다. 이때, 총독부의 학무국에서는 학생들의 사상을 탐색하는 사상계(思想係)를 만들어 학생 조직에 대한 감시를 강화시켰고, 조선사상범 보호관찰령이 시행되었다.

당시는 20년대부터 확산되기 시작한 사회주의 열풍으로 많은 학생들이 사회주의적 이념에 동조하거나, 사회주의 서적을 탐독하는 것이 유행이었다.

회원 가운데 가산이 넉넉한 한 학생이 은밀히 일을 꾸며 먼 친척에게 서점을 내도록 뒤를 봐주었다. 그것이 호남서원이었다. 호남서원은 새 책도 팔고 고본도 취급하는 곳으로 주로 학생과 지식인이 단골이었다.

회원들은 서점에 각각 들어가서 서점 안쪽의 골방으로 모여 모임을 가졌다. 모든 연락의 중심을 서점에 두고, 밖에서는 함께 만나는 일이 없도록 했다.

독서회의 주된 논제는 일본제국주의 타도와 조선의 독립에 관한 방안이었지만, 저마다 조금씩 다른 생각을 하고 있었기에 이론과 탁상공론만 난무할 뿐, 이렇다 할 결론이 나거나 실천에 나서는 학생들은 없었다.

그러다가 1939년에 두 학생이 일본으로 유학을 가게 되었다. 이해에 일제는 국민징용령을 내려 조선인을 마구잡이로 전쟁터로 내몰았는데, 일본으로 유학을 가는 것이 그나마 징용을 면하는 길이라고 생각했기 때문이었다.

1940년에는 다시 두 사람이 비밀리에 중국으로 건

너갔다. 일본 특무대의 감시가 심한 국경을 어떻게 뚫었는지 알 수 없지만 그들은 중경에 있던 임시정부를 찾아가 한국광복군이 창설될 때, 이청천 장군 밑에서 광복군이 되었다.

회원 가운데 한 사람은 공산주의자 조직으로 들어갔다. 전남 장흥을 중심으로 ML조직의 재건을 준비하던 사람들이 1939년에 일본 특무대에 잡혀들어간 이후, 방심하던 일본 특무의 눈을 속이고 서울콤그룹이 결성되었다. 박헌영이 조직에 가담한 것도 그때다.

남은 세 사람 가운데 한 사람은 1943년에 학병 징병으로 끌려나가 만주로 가게 되었고, 두 사람은 평양에 있는 일본 군대에 조선인 학병으로 끌려갔다.

일본으로 유학 갔던 두 학생은 1941년에 일본에서 항일 비밀결사인 여우회(麗友會) 사건으로 잡혀들어갔다.

1944년에 평양에 있던 조선인 학병들이 항일 게릴라전투 계획을 세워놓고 실행에 옮기기 직전에 한 배신자의 밀고로 모두 체포되었는데, 그 가운데 독서회 회원이었던 두 사람도 들어 있었다.

만주로 학도병이 되어 끌려갔던 학생은 일본군에서

탈출하여 중국 팔로군에 들어갔다. 애당초 광복군이나 조선독립동맹을 염두에 두었으나 여의치 않았던 것이다.

이들이 뿔뿔이 흩어지기 전에 한 약속이 있었다. 그것은 몇 년의 세월이 지나든지, 조선이 해방되는 날이 오면 살아 있는 사람들은 서점에 모이기로 한 것이다. 회원 가운데 그림을 잘 그리던 한 학생이 서점에 자신이 그린 그림을 걸어두고 떠났다.

"그렇다면 서점에 걸려 있던 그림이 고양이 그림이었습니까?"

노인이 말을 잇기 전에 다급한 마음으로 물었다. 그는 고개를 가로저었다.

"해방이 되고 나서 그 서점에 모인 사람은 없었소."

"다들 어떻게 되셨나요?"

"어떻게 되었는지 내가 어찌 알겠소."

"그럼 영감님께서는 서점과 얽힌 이야기를 어떻게 알고 계시지요? 그들만이 알고 있는 비밀이라고 하셨으면서……"

"그 서점은 전쟁중에 불타 없어지고 말았지. 해방되

고 5년 동안 서점은 그 자리에 있었소. 그림도 그대로 걸려 있었지. 나는 1948년에 그 서점의 점원으로 일을 시작했소. 주인 되시는 어른이 돌아가시기 전에 나에게 말해줍디다."

"그렇다면 그후로도 독서회 사람들의 행적은 전혀 알 수 없었나요?"

"글쎄…… 모두들 나타나지 않았으니 죽었다고 말할밖에…… 하지만 어딘가에 살아 있는 사람도 있겠지……"

"짐작 가는 곳이 있으시군요?"

"젊은이가 그림을 구한 곳이 어디요?"

"청계천에 있는 난전에서 구했습니다만……"

"그 그림을 판 사람은 기억하시오?"

"예. 노인이었습니다. 모습이 워낙 초라해서……"

그림을 팔던 노인의 모습을 떠올려봤지만 딱히 특징지어 말할 수 있는 부분이 떠오르지 않았다. 그러자 책방 주인은 전혀 다른 이야기를 시작했다.

"일본에 유학 갔던 두 사람은 항일 비밀결사를 만들다가 발각되는 바람에 감옥에서 고초를 당하다 죽었다고 하오. 임정을 찾아갔던 사람 가운데 한 사람은 그해 일본 밀정에게 암살당하고, 또 한 사람은 해방되기 직전에 일본군 장교를 암살하려다 실패하고 동지를 후퇴시키는 과정에서 전사했다고 하오.

학병으로 끌려간 세 사람 가운데 만주에서 탈출한 사람은 팔로군이 되었다가 해방 후에 돌아오지 못하고 중국의 내전에 참전하게 되었다지. 결국 1947년에 전투에서 사망했다고 하더군.

평양 사단에 있다가 쿠데타를 일으켰던 두 사람은 잡힌 즉시 총살형을 당했는데, 1950년에 전쟁이 일어난 후, 북쪽에서 그들을 보았다는 사람이 있다고 합디다."

"한 사람이 빠졌군요. 공산주의자 조직으로 들어갔던 분은 어떻게 되었나요?"

"음…… 그 사람……"

노인은 한동안 말이 없었다.

"……해방되고 조선공산당이 공식적으로 재건되자 그 사람도 밖으로 나왔지."

"그럼, 그분만 살아 있다는 것이 확인되었군요?"

"하지만 1947년에 공산당이 불법화되고 대부분의 간부들이 체포되면서 그 사람도 사라졌소."

"그후론 전혀 소식을 알 길이 없으셨나요?"

"몇 년 전에 우연히 신문에서 43년간 감옥살이를 한 장기수가 출감했다는 내용을 보았소. 그런데, 그 사람이 바로 해방 후 잠시 나왔다가 사라진 그 사람이었소."

"그렇다면 살아계시겠군요?"

"모르지…… 사진을 보니까 퍽 늙어서 제 몸 가누기도 힘들 것 같던데…… 목 뒤에 상처도 커다랗게 나 있고……"

노인의 말에 정신이 번쩍 들었다.

"그럼, 서점에 그림을 그려서 걸었다는 분은 어떤 분입니까?"

"바로 그 사람이었소. 장기수로 출감한……"

그제야 눈앞에 그림을 팔던 노인의 모습이 선명하게 보였다. 털 빠진 군용점퍼와 먹다 남은 라면 찌꺼기…… 총기 잃은 눈동자……

서울에 올라오는 길로 청계천 벼룩시장을 찾았다. 찬바람은 더욱 세차고 맵게 불었다. 건물의 그늘 때문에 한낮에도 햇볕이 들지 않는 노점에는 어깨를 움츠

린 상인들이 난로를 껴안고 있을 뿐이었다.

　노인이 있던 곳을 찾았지만 그 자리는 텅 비어 있었다. 그후로도 청계천에 들를 때면 노인을 찾아보았으나 끝내 그의 모습은 보이지 않았다.

쥐의 미로

쥐가 나타났다!

식구들이 잠든 깊은 새벽이면 어디선가 사각거리는 소리가 들려왔다. 규칙적이고 끈질기게 이어지는 그 소리는 분명 쥐가 벽을 갉는 소리였다. 그 소리는 아주 작아서 여느 때는 들리지 않았다. 불면증 때문에 신경이 예민해진 것일까? 새벽에만 소리가 들렸다. 아주 작고 규칙적인 소리.

불면증은 꿈 때문에 시작되었다. 꿈을 꾸기가 두려웠다. 꿈속에서 나는 전혀 다른 세상, 다른 차원 속에 놓여 있었고, 늘 무서움과 두려움에 떨다 깨곤 했다.

현실의 나와 꿈속의 나는 전혀 다른 인물이었고, 꿈에서 깨어날 때마다 의식이 분열되는 것을 느끼곤 했다.

왜 그런지 알 수 없었다. 알고 싶지도 않았다. 단지 무의식의 저 깊은 곳에서 무언가 심상찮은 일이 벌어지고 있다는 것을 어렴풋이 느낄 뿐이었다.

눈을 뜨고 있는 동안은 괜찮았다. 힘들긴 하지만 그런대로 생활을 지탱해나가고 있었고, 매달 29일이면 아내에게 월급봉투를 건네줄 수 있었고, 한 달에 한 번 정도는 식구들과 외식을 할 수 있었고, 역시 서너 달에 한 번 정도는 아내와 잠자리를 같이할 수 있었다.

그 정도였다. 아이는 종합 학원에 다니고 있고, 아내는 아파트 부녀회에서 부회장을 맡아 바쁘게 생활하고 있었다.

하지만 나는 새벽이면 어김없이 잠이 깼다. 잠에서 깨어나기 직전에 꾸었던 꿈은 생생하게 기억났다. 어둠, 어슴푸레한 어둠, 무채색의 어둠, 윤곽뿐인 사람, 동물들, 동물 사체의 잔해, 피, 모든 것이 검은빛이었지만 피는 붉은색이라고 느꼈다.

꿈속에서도 소리는 없었다. 고요한 꿈속에서 나타나는 사람들. 그들도 말하지 않았다. 동물들은 몸뚱이가 뜯겨져 조각으로 흩어져 있고, 사람들은 떠다니듯 고요하게 흘러갔다.

꿈속에서 나는, 높은 건물의 옥상에서 떨어지기도 하고, 계단 없는 빌딩을 아슬아슬하게 내려가야 했으며, 어두운 골목에서 길을 잃고 헤매거나, 귀신이라고 생각되는 어떤 물체에 놀라 가위에 눌리다 깨곤 했다.

때로 꿈속에서 섹스를 할 때도 있었는데, 어둠 속에서 형체를 알 수 없는 상대와 섹스를 하거나, 매음굴의 굴속 같은 방에 갇혀 난도질을 당하는 경우도 있었다. 어떤 꿈이건 기분좋은 꿈은 없었고, 꿈을 꾸지 않는 날도 거의 없었다.

새벽에 문득 잠이 깨면 그 작고 규칙적인 소리 때문에 다시 잠들지 못했다. 잠이 깨기 전에 꾸었던 꿈 때문이기도 하지만, 새벽의 고요함이 오히려 정신을 깨우는 듯했다. 그럴 때면 어김없이 그 작고 규칙적인 소리가 들려오는 것이었다.

"여보, 우리집에 쥐가 있나봐?"

잠이 부족해 충혈된 눈으로 아침식사를 할 때 아내에게 물었다.

"응? 무슨 소리야? 아파트에 무슨 쥐가 살아? 그것

도 17층에."

아내는 뜬금없는 소리라는 듯, 나를 쳐다본다.

"음…… 새벽에 이상한 소리가 나길래……"

나는 확신하지 못한다. 정말 쥐가 갉아대는 소리를 들은 것인지, 아니면 옆집에서 나는 소리를 잘못 들은 것인지, 꿈에서 깨어 환청을 들은 것인지 자신할 수 없다.

"보일러 돌아가는 소리겠지. 온돌 파이프에 물이 돌면서 소리가 나기도 하던데. 내가 알기로는 아직 우리 아파트에 쥐가 나왔다는 말은 못 들었어."

그렇다. 누구도 자기 집에서나, 다른 곳에서라도 쥐가 나왔다는 말은 듣지 못했다. 그렇다고 정말 쥐가 없는 것일까? 아니면, 사람들이 모두 쉬쉬하면서 숨기는 것일까?

아내는 내가 새벽마다 무서운 꿈을 꾸고 잠이 깬다는 것을 모른다. 아내는 아이를 데리고 안방 침대에서 자고, 나는 작은 방에서 요를 깔고 잔다. 아이가 아직 어리기 때문에 엄마 품을 찾는다는 것이 우리가 각방을 쓰는 이유지만, 언제부터인지 따로 잠자는 것이 더 편하게 느껴졌다.

현관에서 아내와 아이의 배웅을 받으며, 아내가 건네준 도시락 가방을 받아들고, 엘리베이터를 타고 지하주차장에 나오면 회사까지 출퇴근을 맡은 대행 회사가 아침이면 어김없이 차를 대기해놓고 기다렸다. 퇴근 시간도 마찬가지였다. 머리가 흐리멍덩하다. 짙은 안개가 드리운 것처럼 의식의 경계가 분명하지 못하다는 느낌이 든다. 백미러로 보이는 두 눈은 충혈되었다.

출근길은 언제나 거북이걸음이었다. 단 한 번도, 단 하루도 쾌적한 출근길은 없었다. 무수히 많은 차, 무수히 많은 차 속의 사람들, 무수히 많은 차 속의 사람들의 무표정.

차가 출근길 자동차 물결에 갇혀 가다 서다를 반복하는 동안, 나는 다시 새벽에 꾼 꿈을 떠올렸다. 쥐가 나타난 것이 꿈속이었을까? 아니면 실제 집안에 있는 것일까?

쥐를 떠올리면 온몸에 소름이 끼치면서 몸과 마음이 바짝 긴장했다. 본능적으로 쥐를 무서워하고 싫어하는 것이다. 실제의 쥐뿐 아니라, 텔레비전이나 영화에 나오는 쥐만 봐도 식은땀이 날 정도로 겁이 났다.

쥐새끼 같으니라구!

회사에 도착해 사무실 문을 열고 들어섰을 때, 김 부장이 모니터를 보며 혼잣말을 뱉었다. 모니터에는 이제 사춘기를 막 벗어난 앳된 소년의 옆얼굴이 보였다. 소년은 골목의 담장에 기대놓은 자전거를 막 끌고 나오고 있었다. 바퀴에 채웠던 쇠사슬의 자물통은 만능 열쇠로 간단하게 열렸다.

김 부장이 앉아 있는 책상 앞쪽으로는 영화관의 스크린처럼 넓은 벽면에 수백 개의 모니터가 달려 있고, 화면이 스스로 움직이고 있었다. 그곳은 말하자면 종합상황실이었다. 조금 전에 얼굴이 클로즈업된 소년은 컴퓨터의 자동 인식 프로그램에 의해 얼굴의 윤곽, 형태, 특징, 옷의 형태와 색상, 신발의 모양과 특징 등 외모에 관한 모든 것이 자동으로 입력되고 저장된다. 그 소년이 어느 곳으로 가든, 카메라에 걸리기만 하면 카메라는 자동으로 그 소년의 행동을 추적하게 되는 것이다.

"오늘도 늦었군, 2113번."

김 부장이 나를 바라보며 낮은 목소리로 말했다. 하지만 그의 표정은 일그러져 있었고, 언제든 폭력을 휘

두를 것만 같았다. 그는 과묵한 사람이었다. 내가 입사해서 지금까지 세 마디도 말을 나눈 적이 없는 사람이었다. 그는 이 회사의 모든 직원들을 번호로 불렀다. 이름을 부르지 않는 것은 재미있다고 생각했다. 이름까지도 서로 알 수 없도록 철저하게 보안을 유지하는 것이다.

나는 조용히 복도를 따라 많은 방을 지나 내 방으로 들어갔다. 그곳은 텅 비어 있었다. 처음부터, 회사에 입사한 그날부터 지금까지 그 방은 텅 비어 있었다. 한쪽 벽면에 가로세로 여섯 개씩의 30인치 모니터가 달려 있고, 그 아래 덩그러니 책상 하나와 전화기 한 대, 기록할 수 있는 A4용지 크기의 메모지와 연필 한 자루뿐이었다. 그리고 의자 뒤쪽 천장에 작은 감시 카메라가 차가운 외눈으로 나를 지켜보고 있었다.

그뿐이었다.

천장에는 하얀 형광등이 빛을 내뿜고, 스프링클러의 대가리가 네 개 솟아 있으며, 출입문을 제외하고는 창문조차 없었다. 모니터가 걸려 있는 벽 말고는 아무것도 없는 흰색이었다. 모니터의 반대편 벽에 시계 하나가 걸려 있었다. 12시와 6시를 막대기로 표시한, 초

침도, 분침도 없는 지극히 단순한 시계였다. 출입문 옆에 작은 냉장고가 있었는데, 그 속에는 항상 생수가 든 물병이 들어 있었다. 물컵은 일회용 종이컵으로 하루에 한 개만 제공되었다. 출입문의 반대편 벽, 즉 책상의 오른쪽 끝에 하얀 도기로 만든 변기가 덩그러니 놓여 있었다. 나는 그 변기에서 한 번도 용변을 보지 않았다. 아니, 볼 수 없었다. 생리현상까지 지켜보는 차가운 외눈 너머 그 어떤 관찰자가 있다는 것을 생각하니 변의가 느껴지지 않았던 것이다.

나에게 주어진 업무는 단순했다. 모니터에 등장하는 인물의 동선을 관찰하는 것. 모니터에 등장하는 인물은 매일 바뀌거나 며칠에 한 번씩 바뀌지만 아무리 길어도 일주일을 넘지는 않았다. 지금까지 같은 인물을 두 번 관찰한 적은 없었다.

야간반이 관찰을 하다 퇴근하면, 주간반인 내가 이어서 관찰하는 것이었다. 야간반은 어떤 사람인지 전혀 알 수 없었다. 어떤 기록을 남겼는지도 비밀이었다. 야간반이 있었던 흔적조차도 없었다.

오늘은 어떤 사람일까, 생각하며 의자에 앉았다. 서른여섯 개의 모니터에는 서울의 어느 지역이 모자이크

처럼 나타나고 있었다. 도로, 건물, 아파트, 단독주택, 공원, 상가, 버스정류장, 공사장, 공중전화 부스, 노점상 등 어디에서나 볼 수 있는 풍경이었다.

왼쪽 위의 첫번째 모니터가 자동으로 클로즈업하면서 한 사람을 보여주었다. 여성, 그것도 아주 젊은 여성이었다. 차림새를 보면 대학생은 아닌 듯했고, 직장인처럼 보였다. 어깨까지 내려오는 생머리에 블라우스와 치마, 중간 굽의 구두를 신은 이십대 중반의 여성.

성능 좋은 카메라는 이미 저 여성의 외모를 스틸 사진으로 찍어 외모에 대한 분석을 모두 끝냈을 것이다. 하지만, 컴퓨터는 인물의 표정까지 전부 읽지는 못했다. 내가 하는 일은 컴퓨터가 할 수 없는, 사람의 표정을 기록하는 것이다.

모니터에 보이는 영상은 HD TV처럼 선명했다. 사람의 표정은 물론, 머리칼 한 올까지 선명하게 관찰할 수 있는, 고도의 카메라가 전국에만 약 이천만 대가 설치되어 있고, 서울에만 천만 대가 설치되어 있었다. 사람들은 곳곳에 카메라가 설치되어 있다는 것은 알았지만, 이렇게 많은 줄은 모르고 있었다.

시민 단체에서도 감시 카메라에 대한 반대 집회나

성명서, 시위 등을 하지만, '시민의 안전'을 전면에 내세우고, 설치되어 있는 카메라 수를 축소 발표하면 자연스럽게 여론은 수그러들었다.

첫번째 카메라의 시야에서 사라진 여성은 잠시 후 두번째 카메라에 들어왔다. 지하철 승강장에서 시내로 들어가는 지하철을 기다리고 있었다. 얼굴의 표정은 거의 움직임이 없었지만, 굳어 있는 얼굴은 아니었다. 자신이 감시당하고 있다는 것을 모르는 상태였다.

꽤 많은 인물들이 이 카메라에 나타났다 사라졌지만, 때로 자신이 감시당하고 있음을 눈치챈 사람들이 있었다. 그들은 늘 카메라가 있을 만한 곳을 쳐다보기 때문에 나와 눈이 마주치는 일이 잦았다.

그렇다고 그들이 어떻게 할 수 있는 방법은 없었다. 다만, 카메라가 없을 만한 곳을 찾아다녀야 하는데, 외딴 산골이 아닌 다음에는 어디를 가든 카메라의 눈길을 피할 수 없었다.

"괜찮은 직장이 하나 있는데, 이력서 한번 넣어볼래?"

대학에서 시간강사로 전전하고 있던 나에게 친구 녀

석이 한 말이었다. 결혼하고 3년쯤 지나자 생활은 더 빠듯해졌다. 내 수입만으로는 입에 풀칠하는 정도였고, 미래를 설계하거나, 아이를 갖는 것조차 부담스러울 정도였다. 아내도 직장에 다니고 있었지만 임신을 했기 때문에 휴직을 하거나 사표를 내야 하는 처지였다.

"월급이 꽤 많다던데, 아무나 받아주는 건 아니란다. 너는 교수님 추천서를 받을 수 있으니까 밑져야 본전이니 한번 넣어봐."

재벌이 세운 경제연구소에서 일하는 그 친구는 많은 정보를 알고 있었다. 다만 그런 정보를 구체적으로 발표하거나 알릴 수 없기 때문에 지극히 은밀한 형태로 배포될 뿐이었다.

친구의 권유는 마음을 움직일 만큼 좋은 조건이었다. 시간강사로 받는 쥐꼬리만한 월급에 비하면 네 배 가까운 금액이었고, 한 달에 한 번씩 주간반과 야간반으로 나뉘어 이교대 열두 시간씩 근무하는 조건이었다.

이 일을 처음 시작할 때는 호기심과 함께 일종의 '훔쳐보기'의 즐거움이 있어 꽤 재미있는 일이라고 생각했었다. 서른여섯 개의 모니터는 텔레비전처럼 다양한 화면을 제공했고, 모니터를 바라보는 것만으로도 지루하지 않게 시간을 보낼 수 있었는데, 특정 인물을 쫓아다니며 관찰하면 은밀하면서도 짜릿한 쾌감을 느낄 수도 있었다. 물론 처음 얼마 동안이었지만.

입사할 때, 내가 제출한 이력서는 지극히 형식이었다. 이미 그들은 내 뒷조사를 모두 끝냈고, 나와 아내는 물론, 내 가족, 아내 가족, 친구 관계, 사돈의 팔촌까지 샅샅이 조사한 다음이었다. 그때만 해도 나는 그런 사실을 전혀 알지 못했다.

합격 통보를 받고, 아내에게 시간강사를 그만두고 새로운 직장에 다니게 되었다고 말하자, 아내는 기쁨 반, 아쉬움 반의 표정으로 말했다.

"좋은 직장이라니 다행이긴 한데, 당신이 하고 싶은 공부를 못 하게 돼서 어쩌지?"

하고 싶은 공부라, 내 전공을 살린다면 대학에 자리를 잡는 것이 가장 좋을 터였다. 하지만, 먹고사는 문제가 해결되지 않는데 내 욕심만 부린다는 것은 웃기는 일이 아닌가.

첫 월급을 아내에게 건네자, 아내의 얼굴이 목련처

럼 피어났다. 아내가 기뻐하는 모습을 보면서, 좋은 직장으로 옮긴 것에 만족했다. 아내가 좋아한다면.

아내는 내가 어떤 일을 하는지 몰랐다. 아내가 알고 싶어해도 내가 말하고 싶지 않았지만, 내가 말하고 싶어도 입사하면서 쓴 비밀서약의 내용에 따르면, 이 일은 죽을 때까지 절대 말이나 글로 드러낼 수 없도록 되어 있었다. 비밀을 지키지 못하면? 아니, 비밀을 지키지 않으면? 입사할 때 보여준 비디오가 그 답이었다.

비디오는 단편영화였는데, 조직에서 이탈한 주인공을 쫓는 모습이 나타났다. 하지만, 정작 주인공은 건드리지 않고, 그의 가족을 차례로 죽이고, 그의 친구들을 찾아내 죽였다. 결국 주인공은 자살하는 것으로 영화는 끝났다. 단지 그것뿐이었다.

시내로 들어가는 전철을 탄 여성이 2호선 삼성역에 모습을 나타냈다. 강남이라면 카메라가 가장 많이 설치되어 있는 곳이었다. 핸드백을 추스르며 전철에서 내린 여성은 계단을 올라 개찰구를 빠져나와 지하에서 밖으로 모습을 나타냈다. 얼굴에 가벼운 웃음이 묻어 있었다.

잠이 부족해서 정신이 몽롱했다. 모니터에서 길을

걷고 있던 그 여성이 슬쩍 위를 바라보았고, 내 눈과 그의 눈이 마주쳤다. 아름다운 얼굴이었다. 예쁘다는 표현보다, 이목구비가 균형잡힌 보기 좋은 얼굴이랄까.

그 아름다운 얼굴 위로 쥐가 나타났다. 쥐가 그 여성의 입으로 들어가고 있었다. 꾸역꾸역 입으로 넘어가는 쥐는 이내 여성의 입이 아닌, 내 입안에 가득찼다. 나는 깜짝 놀라 벌떡 일어나며 입을 벌려 토했다. 손으로 목을 움켜쥐었다. 그 바람에 의자가 팅겨나가 벽에 부딪혀 쓰러졌고, 책상 위에 놓여 있던 일회용 종이컵이 쓰러지면서 물이 쏟아졌다.

식은땀이 온몸에 흘러내리는 것이 느껴졌다. 헛것을 본 것이다. 그 여성은 블록이 깔린 도로를 걷고 있었다. 도로 옆으로 플라타너스 나무들이 줄지어 늘어섰는데, 도로를 걷는 사람들을 조용히 내려다보고 있는 듯했다.

나는 가쁜 숨을 몰아쉬며 벽에 기대섰다. 신경은 극도로 예민해졌고, 눈은 튀어나올 듯이 충혈되어 사방을 두리번거렸다. 나는 생수병을 들어 물을 들이켰다. 단순한 불면증이라고 생각하고 있었지만, 몇 년 동안 상황은 좋아지지도, 나빠지지도 않았다.

여성은 어느 건물 1층에 있는 커피숍으로 들어갔다. 다른 모니터에서 커피숍의 내부 화면이 나타났다. 여성이 다가간 곳에는 한 남자가 앉아 있었다. 신문을 읽고 있던 그 남자는 여성이 나타나자 밝게 웃었다. 그 웃음이 묘한 질투를 느끼게 했다.

저 남자와 저 여자는 어떤 관계일까. 해서는 안 되는 궁금증이 머릿속에서 나타났다 사라졌다. 저 남자 역시 다른 방에서 추적하고 있으리라.

익명의 인물을 관찰하는 직원들은 서로에 대해 알지 못했다. 알 수 있는 시간도, 환경도 주어지지 않았다. 아침에 저녁반과 교대해서 자기 사무실로 들어가면, 퇴근할 때까지 아무도 만날 수 없었다. 문밖으로 나가는 것도 금지였으므로.

사무실은 고요했다. 아무 소리도 들리지 않았다. 옆방에서도 나와 같은 사람이 앉아서 나와 같은 모니터에서 똑같은 일을 하고 있을 것이니, 소리가 날 리 없었다. 정신은 여전히 혼미하고, 식은땀 때문에 등이 축축하게 젖었다.

그때였다. 사무실에서 작고 규칙적인 소리가 들리기

시작했다. 사각사각, 뭔가 갉아대는 소리였다. 쥐가 나타났다!고 느꼈다.

모니터에서 관찰 대상인 여성과 남성이 커피를 앞에 놓고 이야기를 나누고 있었다. 두 사람의 표정은 부드러웠으나 눈길은 뜨거웠다. 뭔가 중요한 이야기를 나누고 있는 것이 틀림없었다. 나는 분 단위로 칸이 나뉜 시간표에 관찰 여성의 표정이 바뀌는 것을 분 단위로 적어 넣었다.

무표정, 찡그림, 웃을 듯, 약간 웃음, 밝게 웃음, 쾌활하게 웃음, 쓸쓸하게 웃음, 우울하게 웃음, 퉁명스러움, 차가운 웃음, 냉정한 웃음, 우울함, 쓸쓸함, 슬픔, 울음, 기쁜 울음, 안타까운 울음, 고통스러운 울음, 절망적인 울음, 촉촉한 울음, 짜증, 화냄, 약간 화냄, 불쾌함, 많이 화냄, 불같이 화냄, 기뻐함……

사람의 얼굴에 나타나는 표정만 보고 감정을 적는다는 것은 여간 어려운 일이 아니었다. 관찰 대상이 어떤 상황에 놓였는지, 어떤 심리 상태를 가지고 있는지, 감정의 기복이 어떤지, 감정을 표현하는 방식이 어떤지를 모르는 상태에서 단지 표정만을 보고 그 사람의 감정을 느껴야 하는 것이다. 그렇기에 컴퓨터는 더더욱

할 수 없는 일이기도 했다.

모니터에서 눈을 떼면 안 되는 것이 규칙이었지만, 아주 잠깐씩 곁눈질로 주위를 둘러보았다. 어딘가에서 쥐가 새까만 눈을 뜨고 나를 쳐다보고 있는 것은 아닐까 생각했다. 피곤했다. 사물의 경계가 약간 흐리게 보였고, 이마에서 진땀이 솟았다. 잠깐이라도 눈을 붙일 수만 있다면. 잠을 조금 자고 일어나면 모든 것이 정상으로 돌아올 것만 같았다.

하지만, 잠이 들면 안 된다. 근무태만은 벌점과 함께 감봉의 요인이었다. 벌점이 누적되면 진급에도 영향이 있고, 감봉이 되면 아내가 싫어한다. 안구가 뻑뻑하고 모래가 낀 것처럼 깔깔했다. 작고 규칙적으로 사각거리는 소리는 여전히 들려왔다.

모니터 속의 두 남녀는 끊임없이 말을 하고 있었다. 손짓까지 해가며, 커피를 마셔가며, 뭔가 메모를 하며, 머리카락을 쓸어넘기며, 얼굴을 쓸어내리며, 턱을 괴며, 눈웃음을 치며, 얼굴이 맞닿을 만큼 가까이 다가가며 이야기를 하다 관찰 대상인 여성이 의자에서 일어섰다.

여성은 또박또박 걸어 화장실로 들어갔다. 화장실에

도 카메라는 있었다. '인권 침해'를 주장하는 목소리가 있지만, 완벽하게 숨길 수 있는 기술 덕분에 카메라는 어느 곳에나 있었다.

그 여성은 화장실로 들어가 문을 잠그고 변기에 앉기 전에 속옷을 내렸다. 카메라는 위에서 내려다보고 있었다. 여성이 속옷을 내리고 있다고 생각하는 순간, 치마 아래쪽에서 수많은 쥐들이 쏟아져나왔다.

순간, 나는 너무 놀라 의자에 앉은 채 뒤로 벌렁 자빠지고 말았다. 입은 벌어져 다물어지지 않았지만, 목소리는 나오지 않았다. 충격이었다. 보면서도 믿을 수 없는 일이었다. 눈을 비비고 다시 봐도, 화장실 안에는 쥐들이 우글거렸다.

더욱 놀라운 것은, 여성이 아무렇지 않게 변기에 앉아 소변을 보고 있었다. 마치 아무것도 보이지 않는다는 듯이. 쥐가 우글거리는 것이 당연하다는 듯이.

도저히 모니터를 계속 바라볼 수 없었다. 쥐들은 오물거리며 바닥을 기어다니고 있었다. 쥐들이 찍찍거리는 소리가 들리는 듯했다. 온몸에 소름이 돋았다. 모니터를 바라보지 않으면 주의를 받는다. 마음을 다잡고, 하나, 둘, 셋을 세고 다시 화면을 바라보았다. 모니터에는 여성만 있었다. 쥐는 어디에도 없었다.

꿈을 꾸는 것 같았다. 분명 꿈은 아니지만, 잠이 부족했고, 반쯤 잠든 상태처럼 몽롱했다. 여성이 속옷을 추스르고 화장실에서 나와 세면기 앞에서 거울을 바라보고 있었다. 저렇게 젊고 아름다운 여성을 보면서 아무 느낌이 없는 것이 이상했다. 음란한 생각이 들 수도 있고, 섹스하는 상상을 할 만도 한데, 내 머릿속에서는 성적 자극이 일어나지 않았다.

아내와도 그랬던가. 아마 그런 것 같다. 조로해버린 내 젊음 때문에 갑자기 서글퍼졌다. 약간 울고 싶었지만 그런 건 쑥스러운 짓이었다.

여성은 다시 남성이 앉아 있는 자리로 가서 우아하게 앉았다. 여성이 앉고, 두 사람이 몇 마디를 나누더니 함께 일어서 계산대로 갔다. 남성이 지갑에서 크레디트 카드를 꺼내 계산했다.

아내를 발견한 것은 그 순간이었다. 계산대에서 왼쪽 구석에 어떤 남자와 앉아 있는 여자의 모습은 분명 아내였다. 하지만 카메라가 이미 다른 곳을 바라보고 있었으므로 다시 확인하지는 못했다.

왜 이 시간에 아내가 저곳에 있을까. 아니, 아주 잠깐 스친 화면에서 아내와 닮은 사람을 볼 수도 있을 테니까 아내라고 단정할 수는 없었다. 하지만, 분명 아내였다.

눈알이 핑핑 돌아가는 듯했고, 관자놀이가 벌떡거리며 뜨거워졌다. 생수를 들이켜고, 물로 얼굴을 적셨다. 아내와 대화를 나눈 것이 언제인지 생각나지 않았다. 분명 아침마다 출근할 때 도시락을 챙겨주었고, 저녁에 퇴근해서 집에 돌아가면 나를 반겨주곤 했다.

그렇지만, 정작 둘이 이야기를 나눈 기억은 없었다. 아이에 대해서도 아는 것이 없었다. 어떻게 된 일인지 알 수 없었다. 갑자기 기억이 사라진 걸까. 아내는 아파트 부녀회의 부회장이었고, 아들은 초등학교 2학년. 그게 다였다. 아내 생일은? 우리 결혼기념일은? 아이의 생일은? 아내는 낮에 어떤 일을 하는 걸까. 조금 전에 봤던 아내를 닮은 사람이 분명 아내인지 다시 확인할 수 없을까.

나는 문을 열고 내 방을 나왔다. 문을 여는 것은 금지되어 있는 행동이었다. 밖으로 나온다는 것은 더욱 해서는 안 되는 행동이었다. 나는 복도를 따라 종합상황실로 나왔다. 그곳에는 김 부장이 흰색 셔츠로 팔소매를 걷어붙인 채, 모니터를 쳐다보고 있었다.

종합상황실의 모니터는 수백 개가 넘었다. 김 부장은 아직 내가 뒤에 와 있는 줄 모르고 있었다. 나는 모니터를 훑었다. 화면이 계속 바뀌고 있는 모니터에서 흐릿한 아내의 모습을 찾는 것은 쉽지 않았다. 아내가 관찰 대상이었다면, 누군가 아내를 모니터링하고 있을 것이지만, 그런 일은 일어나지 않을 것이다. 아내는 평범한 사람이니까.

수백 개의 모니터를 집중해서 바라보는 것은 이번이 처음이었다. 너무나 복잡할 것만 같은 종합상황실의 모니터를 김 부장은 익숙하고도 빠르게 읽고 있었다. 상황실의 모니터는 알 수는 없었지만, 어떤 패턴이 있다는 느낌이 들었다. 그 많은 모니터를 빠르고 정확하게 읽을 수 있다는 것은 반복적인 패턴이 있을 때만 가능하기 때문이다.

나는 모니터에서 아내를 찾기 위해 집중했다. 모니터를 살펴보던 나는, 모니터의 화면이 모두 시간차를 두고 움직이는 것을 발견했다. 화면이 바뀌는 시간은 모니터마다 같았지만, 모니터가 동시에 화면을 전환하지 않고, 연쇄적으로 화면이 바뀌도록 되어 있었다. 모니터를 멀리서 바라보면 그것은 마치 도미노가 쓰러질 때처럼 빠르고 조직적으로 움직였다.

그리고 조금 더 단순화하면, 화면의 움직임이 마치 미로를 그리는 것처럼 보였다. 미로는 내부의 길이 계속 바뀌면서 무한한 경우의 수를 만들어내고 있었다.

"2113번, 여기 나오면 안 된다고 경고했지!"

김 부장이 어느새 나를 쳐다보며 소리쳤다. 나는 김 부장이 무서웠지만, 아내를 찾아야 한다는 생각에 무서움을 참으며 계속 모니터를 바라보았다.

"2113번, 지금 당장 자네 방으로 가지 않으면, 물리적인 방법을 쓸 수밖에 없어."

김 부장이 다시 소리쳤다. 나는 그럴 수밖에 없는 이유를 말해야 했다. 하지만, 아내가 바람을 피운다고 말하면, 김 부장이 이해할까. 내 어깨를 다독거리며 위로라도 해줄까. 결코 그럴 사람이 아니었다. 나는 입에서 나오는 대로 뭐라고 김 부장에게 말했다.

"뭐라고? 쥐새끼?"

김 부장의 얼굴이 일그러졌다. 나는 모니터에서 아내를 찾았다. 아내는 어느 건물의 지하주차장에 세워

놓은 차 안에 있었다. 그 옆에는 남자가 앉아 있었고. 두 사람이 탄 차는 지하주차장을 빠져나가고 있었다.

"쥐새끼? 쥐새끼라고? 그래, 진짜 쥐새끼맛을 보여주지."

독이 오른 김 부장이 내 멱살을 잡았다. 나는 아내가 탄 차가 나타나는 모니터를 찾으려고 눈을 빠르게 움직였다. 모래가 들어간 것처럼 뻑뻑한 눈에서 눈물이 나왔다. 좀 촌스럽다는 생각이 들었다.

거칠게 내 멱살을 잡은 김 부장이 나를 던지듯 의자에 앉혔다. 오른손으로 내 머리칼을 움켜쥐고 뒤로 젖힌 다음 왼손을 들어올렸다. 손에는 쥐가 잡혀 있었다. 쥐! 김 부장의 손에 잡혀 있는 쥐는 살아 있었다. 살아서 찍찍 소리를 내고 있었다. 찍찍 소리를 내며 날카롭게 저항하고 있었다.

"쥐만도 못한 새끼, 너 같은 새끼는 쥐새끼들 먹잇감이나 되는 게 적당하지."

김 부장의 왼손이 내 입 가까이 다가왔다. 찍찍거리는 날카로운 소리가 신경을 긁었다. 까맣고 작은 반짝거리는 쥐의 눈이 내 눈과 마주쳤다. 나는 있는 힘을 다해 눈을 감고 고개를 돌렸다. 입을 벌리지 않기 위해 입을 강하게 앙다물었다. 귀에서 이명이 들리기 시작했다.

김 부장은 왼손에 잡은 쥐를 내 입속으로 밀어넣으려고 했다. 나는 있는 힘을 다해 얼굴을 돌리고, 이를 악물었다. 너무 힘을 주어 이를 악물어서인지 어금니가 시큰거리기 시작했고, 피가 나오는지 입안에서 비린내가 났다.

쉬지 않고 큰 소리로 욕을 해대며 김 부장은 쥐를 내 입속에 넣으려고 힘을 주었다. 나는 두 손과 발을 버둥거리며 빠져나오려 했지만, 김 부장은 내 머리 뒤쪽에서 머리칼을 잡고 내 목덜미를 의자 등받이에 걸치며 뒤로 휙 젖혔다. 순간 목이 부러질 것처럼 뚜둑 하는 소리와 함께 입이 저절로 벌어졌다.

나는 두 손으로 내 입을 막았다. 쥐가, 살아 있는 쥐가 내 입으로 들어온다는 것은 상상도 할 수 없는 끔찍한 일이었다. 감히 그런 상상을 하다니! 그것은 꿈속에서도 있을 수 없는 일이었다. 머릿속으로 아주 살짝 생각하는 것만으로도 미쳐버릴 지경이었다.

움켜쥔 머리카락이 다 뽑힐 만큼 두피의 통증이 강했다. 게다가 목이 뒤로 젖혀진 상태에서 금방이라도 목이 부러질 듯 아팠으므로 차라리 죽는 게 편하다는 생각이 들었다.

입을 틀어막고 눈을 질끈 감은 채 발버둥을 치고 있을 때, 갑자기 김 부장의 낮은 목소리가 들렸다.

"쥐를 먹고 싶지는 않겠지?"

나는 힘껏 고개를 끄덕였다. 쥐만 먹지 않는다면 무엇이든, 무슨 일이든, 하라는 대로 다 할 수 있을 것 같았다.

휘어감았던 머리채가 풀려나고, 젖혀졌던 목이 바르게 돌아왔다. 나는 내 손으로 틀어막은 입을 그대로 둔 채 눈을 살며시 떴다. 김 부장의 눈이 나를 쏘아보고 있었다.

"이제, 자네 방으로 돌아가서 자네가 해야 할 일을 해. 다른 생각을 해서는 안 돼. 자네 아내는 집에 잘 있으니까, 자네 아내를 의심해도 안 돼. 지금 하고 있는 일을 잘하는 게 자네가 해야 할 일이야. 명심하게. 자네를 지켜보는 눈이 많다는 것을. 낮이나 밤이나."

머리는 봉두난발로 지끈거렸고, 어금니는 시큰거렸고, 입에서는 피비린내가 났다. 헝클어진 몰골로 다시 내 방으로 돌아와 의자에 털썩 주저앉았다. 눈물이 흘러내렸다. 좀 웃긴다는 생각이 들었다. 김 부장, 웃겼어.

10년이 넘는 시간을 하루 열두 시간씩 하루도 빠짐없이 일했다. 공휴일도, 명절도, 휴가도 없이 365일 하루도 쉬지 못하면서. 가족도, 친구도, 친척도, 동창도 만나지 못했고, 여행 한번 가지 못하고 집에서 회사, 회사에서 집을 정확하게 출퇴근 시켜주는 차 속에서 바깥 풍경을 보는 것이 전부인 생활이었다.

회사는 나에게 먹을 것을 주었고, 그 대가로 나는 시간과 약간의 노력을 제공했다. 공정한 거래라는 생각은 들었지만, 알 수 없는 허망한 느낌이 드는 것은 왜일까. 아내와 아들도 타인처럼 멀어지고, 내 주위에는 아무도 없었다.

밤마다 악몽을 꾸는 것도, 어디선가 쥐가 나타나 찍찍거리는 것도, 낮에도 정신이 몽롱한 것도, 지끈거리는 두통도, 늘 두려움과 불안함으로 식은땀이 흐르는 것도, 지난 10년 동안 반복되어온 업무와 관련이 있지 않을까 하는 의심이 들었다.

김 부장, 아니 그들은 나의 모든 것을 지켜보고 있고, 알고 있다. 나는 미로에 갇힌 쥐처럼 끝없이 달려

가지만 결국 탈출구를 빠져나가지 못할 것이라는 생각이 들자, 슬며시 웃음이 나왔다.

내 임무는 회사에서 시키는 대로 관찰 대상을 성실하게 관찰하는 것이다. 나에게 '생활'은 없었다. 누군가를 관찰하는 것이 내 생활이었고, 내 생활은 회사에서 관찰했다. 나 역시 하나의 관찰 대상이었고, 그것을 알면서도 나는 식구를 위해, 가정을 위해 나를 희생하는 것이 옳다고 생각했다.

나를 지켜보는 눈이 많다는 것, 밤이나 낮이나 나를 지켜보고 있다는 것. 그것은 영광스러운 일이었다. 적어도 내가 '찍히는' 일은 없을 테니까.

하지만, 내가 만나는 사람은 곧 '관찰 대상'이 되는 것이고, 한번 찍히면 결과는 누구도 알 수 없었다. 이 회사에 들어온 이후 내가 만난 사람이라면, 아내와 아들을 제외하고는 전혀 없었는데, 그렇다면 아내와 아들도?

생각이 여기까지 미치자 눈앞이 캄캄했다. 아내가 모니터에 나타난 것은 우연이 아니었다. 우연히 그 자리에 있었을 뿐, 내가 아닌 누군가가 아내를 줄곧 지켜보고 있었던 것이다. 내가 젊은 여성을 지켜보고 있듯이, 이 빌딩에 있는, 번호를 달고 있는 나와 비슷한 어떤 인물이 아내를 은밀하게 관찰하고 있을 터였다.

모든 것이 분명해지고, 내가 해야 할 일이 한 가지밖에 없다고 생각하자 마음이 편해졌다. 그때, 어디에서 찍찍거리는 소리가 났다. 이제 더이상 두렵지 않았다. 사방을 둘러봤지만 쥐는 보이지 않았다. 다시 헛소리를 들었다고 생각했다. 그러자 책상 위에 놓인 도시락 가방이 작게 흔들렸다. 쥐 소리는 그 안, 도시락이 들어 있어야 할 곳에서 났다.

나는 조심스럽게 가방을 열고, 도시락 뚜껑을 열었다. 도시락 안에 쥐가 있었다. 분명 점심밥을 넣었을 텐데 왜 쥐가 여기 들어 있을까. 아무리 생각해도 알 수 없는 일이었다.

쥐는 까만 눈으로 나를 쳐다보고 있었다. 도망가지도 않고, 찍찍거리지도 않았다. 그 작고 징그러운 물체가 물끄러미 나를 관찰하고 있는 것이다. 나는 침을 삼켰다. 조심스럽게 손을 뻗어 쥐에게 다가갔다. 손이 부들부들 떨렸다.

손끝이 쥐의 몸에 닿자 소름이 송곳처럼 돋았고, 식은땀이 비 오듯 흘러내렸다. 하지만 나는 웃고 있었다.

머릿속에서 '공포의 웃음'이라는 단어가 떠올랐다. 이제 잠시 후면 모든 것이 끝날 것이다. 나는 손으로 쥐를 움켜쥔 다음, 서서히 입으로 가져갔다. 쥐는 저항하지 않았고, 입에서 목구멍까지 한 번에 통과했다.

핏줄 속의 세포가 한꺼번에 투두둑 터지는 듯했다. 악다문 어금니의 잇몸에서 피가 줄줄 흘러 입가를 타고 턱까지 내려와 방울져 떨어졌다. 얼굴은 식은 땀과 눈물, 콧물이 한꺼번에 흘러내려 손으로 훔쳐내야 했다.

나는 책상에서 연필을 집어들었다. 연필 끝의 까만 심이 마치 쥐의 눈처럼 반짝였다. 고개를 돌려 모니터 반대편에서 나를 내려다보고 있는 외눈박이 검은색 감시 카메라를 바라보았다. 나를 지켜보고 있는 저 외눈박이 눈알의 뒤에는 또다른 내가 있을 터였다. 나는 기꺼이 그를 위해 행운을 빌었고, 행복한 웃음을 지어 보이며 연필을 내 눈에 힘껏 박아 넣었다.

소설과 고문헌, 그리고 오이디푸스의 눈

임정균(문학평론가)

지금 우리 앞에는 오래된 고문헌이 놓여 있다. 오랜 기간 누적된 먼지 냄새, 좀먹은 종이 냄새가 나고, 낱장은 색이 바랜 것도 모자라 모서리가 해졌으며, 조금이라도 힘을 주면 맥없이 바스러질 것 같다. 이 사실적인 세월의 물성들은 고문헌의 진위를 의심할 수 없도록 만든다. 흐릿해진 글자 속에는 드문드문 낯익은 고유명도 보인다. 유심히 살펴보니 중요한 역사적 가치가 있는 사료임이 분명하다. 그런데 그 내용이 우리가 익히 알고 있던 것과 다르거나 알려지지 않은 내용이라면 어떨까. 학계가 발칵 뒤집히거나 역사를 새로 써

야 할지도 모를 일이다. 그런데 문헌의 진위를 확인할
수 없다면, 이것은 날조된 허구의 이야기일까, 알려지
지 않은 역사적 사실일까.

백건우의 「검은 고양이」와 「쥐의 미로」는 각각 다른
의미에서 현실과 허구가 교차하며 이러한 의문을 가져
온다. 소설이란 현실의 재현이며 소설 속 세계란 현실
을 반영한 허구의 세계이다. 허구의 이야기 속에서 사
실은 이미 한 번 죽은 사실의 껍질이다. 소설의 재현은
사실적인 껍질을 겨냥하는 것이 아니라 진실을 겨냥한
다. 눈앞에 보이는 사실적인 것에만 관심을 갖는다면
결코 소설적 진실에 다다를 수 없다. 아닌 게 아니라,
1997년 『문학사상』 신인상을 수상한 백건우의 『사이
버제국의 해커들』이 세계 각지에서 동시다발적으로 발
생한 해커들의 의문사를 추적하는 미스터리 소설이었
듯 「검은 고양이」와 「쥐의 미로」 역시 미스터리와 추리
소설적 면모를 띠면서 은폐된 진실을 찾는 일을 테마
로 삼고 있다. 그렇다면 백건우의 두 소설이 말하는 진
실이란 무엇일까.

「검은 고양이」는 문헌학자로 보이는 작중 화자가 마

치 살아 있는 듯한 착각을 불러일으키는 그림 속 고양이의 비밀을 추적하는 이야기다. 평소 고서적과 골동품을 모으는 취미가 있는 '나'는 자신이 모은 헌책들 가운데 조선총독부에서 발행한 『홍문원』이라는 문헌에 대한 설명으로 이야기를 시작한다. 그 책은 일본의 밀정이 만주의 홍문원이라는 상가식 아파트를 감시하며 그곳에 거주하는 인물들의 면면을 기록한 극비 문서다. 이러한 문서가 실제로 존재했을 가능성은 충분하지만, 『홍문원』의 실체는 현실에서 확인되지 않는 일종의 사실적 허구다. 그 책 속에서 아편 밀매자들이 만주에서 조선으로 아편을 운반하기 위해 사용한 기상천외한 수법이 '나'의 흥미를 끈다. "편지나 액자 속에 마약을 넣어서 운반했다"는 사실을 알게 된 '나'는 벽면에 걸려 있는 고양이 그림을 바라보며 호기심을 느낀다.

작은 액자에 표구되어 있는 고양이 그림은 청계천 벼룩시장에서 구입한 것이다. 평소처럼 벼룩시장을 돌아다니며 골동품을 구경하던 '나'는 군용 점퍼의 옷깃 사이로 상처가 엿보이는 것 외에는 특별할 것이 없어 보이는 노인 앞에 발걸음을 멈춘다. 베르나르 뷔페

풍의 범상치 않은 그림 때문이다. "서명도 낙관도 없는 그림은 아주 오래된 것일 수도, 최근에 만들어진 것일 수도 있었다." 그 불확실성 속에서 진가를 알아보는 것이야말로 골동품 수집가의 가장 큰 낙이 아닐까. 더구나 액자의 뒤편에는 연필로 "一九四一年"이라고 쓴 글씨가 희미하게 남아 있어 '나'의 호기심을 자극하기에 충분했다. 비범해 보이는 그림을 단돈 팔천 원에 구입한 '나'는 매우 흡족한 기분으로 집에 돌아와 액자를 벽에 걸어둔다.

기묘한 일이 벌어진다. 어느 날 그림 속 고양이가 마치 살아 있는 듯 '나'를 응시하는 느낌을 받은 것이다. 처음엔 원고 마감에 쫓기며 신경이 쇠약해진 탓이라 여겼으나, 이웃으로부터 고양이 울음소리를 들었다며 누가 고양이를 키우는 것 같다는 말을 전해들은 뒤 '나'는 그것이 단순한 환영이 아님을 깨닫는다. 이윽고 액자를 뜯어보고 일제강점기에 쓰였던 "朝鮮光州府本町1丁目 湖南書院 電話 350番"이라는 주소를 발견한다. 모종의 비밀과 마주하게 된 '나'는 뜻밖에도 거리가 멀다는 이유로 주소지의 호남서원을 찾는 일을 뒤로 미룬다. 미스터리 장르의 외양을 한 이 소설이 조금

다른 결을 갖게 되는 것은 바로 이 지점이다. 환상을 보는 소설 속 인물이 으레 그러하듯 과거의 트라우마나 무의식은 '나'가 고양이의 환영을 보는 것과 무관하며 그것이 '나'의 일상을 심각한 위기로 몰아넣지도 않는다. 그림 속 고양이는 은폐된 비밀 그 자체가 아니라, 여기에 어떤 비밀이 숨겨져 있다는 표식이자 미스터리적 장치에 불과하다.

'나'가 숨겨진 비밀에 접근하게 된 계기는 최근 구입한 고서적 가운데에서 1589년의 모반 사건으로 잘 알려진 정여립의 자필 수기를 발견하게 되면서다. '나'는 만일 이것이 진본임이 밝혀진다면 "정여립에 대한 논란이 끊이지 않는 학계에 놀라운 소식이 될 것"이라고 생각하며 "엄청난 충격과 함께 가슴 설레는 호기심"을 느낀다. '나'는 확실한 증거를 찾기 위해 전주를 중심으로 정여립의 후손을 찾아다니지만, 별다른 성과를 얻지는 못한다. 그러던 차에 우연히 들른 광주의 한 헌책방에서 1948년경 호남서원에서 점원으로 일했다는 주인으로부터 고양이 그림에 얽힌 비밀을 전해듣게 된다. 이야기에 따르면 1936년 광주고보 학생 여덟 명이 모여 독서회를 조직했고, 호남서원은 일제 타도와 조선의 독립 방안을 논했던 독서회의 비밀 회합 장소였다. 일본의 제국주의적 야욕이 극에 달한 1939년, 그들은 각기 다른 뜻을 품고 뿔뿔이 흩어지게 된다. 임시 정부를 찾아가 광복군이 된 이도 있었고, 공산주의 조직에 들어가거나, 조선인 학병으로 일본군에 징집된 이도 있었다. 그들은 조직이 와해되기 전 조선이 해방 되는 날 서점에 모이기로 약속했고, 고양이 그림은 그들 중 한 사람이 남긴 것이었다. 헌책방 주인은 그들이 한 사람을 빼고 모두 사망했다고 말해주며, 남측 공산 주의자 조직에 가담했던 사람이 그 그림을 판매한 노인일 거라고 짐작한다. 그리고 몇 해 전 비전향 장기수 로 43년을 복역했던 그가 출소했다는 기사를 보았다고 말해준다. 다시 청계천 벼룩시장을 찾은 '나'는 노인과 만나지 못하고, 그렇게 비밀의 실체에 가닿지 못한 채 소설은 끝이 나고 만다.

고양이 그림의 비밀이 우연히 만난 인물에 의해 손쉽게 풀리게 되면서 독자의 미스터리적 관심도 다소 맥이 풀리고 만다. 그러므로 이 소설의 관심 역시 그림 의 내력보다는 다른 데 있을 것이다. 실제로 1929년 광주고보에서 시작된 학생항일운동 이후 많은 독서회가 조직된 것은 역사적 사실이다. 그러나 '나'가 알게 된 그림의 내력은 설사 그것이 사실이라고 해도 정여립의 수기와 마찬가지로 당장 진위를 확인할 수 없는 이야기이다. 소설이 현실을 그대로 재현한다고 해서 소설 속 사실이 현실인 것은 아니듯 현실 속에서 우리가 사실이라고 믿는 것 또한 허구일 수 있다. 우리는 종종 현실에서 마주하는 모든 것을 사실이라 여기지만, 어떤 사실과 역사는 조작되고 날조된 것일 수도 있으며, 특정한 역사관이나 정치적인 이유로 조직적으로 은폐되거나, 그림을 판매한 노인의 이야기처럼 사람들의 무관심과 세월의 더께에 파묻혀 있기도 할 것이다. 그렇다면 이 소설은 현실 세계의 사실을 비틀어 허구의 세계에 들여놓음으로써 우리가 현실에서 사실이라고 믿는 것의 허구성을, 우리가 허구라고 믿는 것의 사실성을 지적하고 있는 것은 아닐까.

「검은 고양이」가 텍스트 바깥의 역사적 사실과 허구적 역사가 교차하는 이야기라면, 「쥐의 미로」는 화자인 '나'가 불면증을 겪으며 쥐의 환각을 보게 되면서 소설 속 현실과 인물의 환상 사이의 경계가 허물어지는 이야기이다. 시간강사를 전전하던 '나'는 결혼을 한 뒤 생활이 빠듯해지자, 강사 월급의 네 배에 달하는 월급을 준다며 지인이 소개한 CCTV 모니터링 일을 시작한다. 업무는 단순하다. 전국에 설치된 약 이천만 대의 감시 카메라 가운데 '나'에게 할당된 서른여섯 개의 화면을 매일 열두 시간 이교대로 관찰하는 것이다. 그런데 수상쩍은 점이 한두 가지가 아니다. 보안 유지를 위해 관리자인 김 부장을 제외하면 감시자들은 고유의 일련번호로 불리고 서로 만나지 못하도록 통제된다. 감시자들은 서른여섯 개의 모니터와 책상, 필기구, 물 한 병 등 업무에 필요한 것 외에는 아무것도 없는 방에서 화면 속 인물의 표정을 보고 감정을 수기로 기록한다. 컴퓨터가 인물의 동선은 자동으로 추적해주지만, 감정까지는 분석하지 못하기 때문이다. 이 소설은 독자에게 다음과 같은 수수께끼를 제기한다. 시민의 일거수일투족을 감시하고 감정까지 기록하는 이 기관의 정체는 무엇인가. 감시의 대상은 누구이며, 감시의 목적은 무엇인가. 시민 단체가 감시 카메라에 의혹을 제기했지만, 이 정체불명의 기관은 감시 카메라의 수를 축소하여 발표하고, 시민의 안전을 핑계로 여론은 곧

잠잠해진다. 사람들은 곳곳에 설치된 카메라를 보고도 자신이 감시당하고 있다는 사실을 곧 망각한다. 이 소설은 모든 사실을 관찰하고 수집하면서도 이를 철저하게 통제하는 근미래, 아니 오늘날의 감시국가에 대한 알레고리처럼 보인다.

주목할 것은 일을 시작한 지 십여 년이 흐르는 동안 '나'는 이 기관의 조직적인 감시에 아무런 의문을 갖지 않았다는 점이다. 그러나 '나'의 무의식은 자신이 실험실 속 한 마리 쥐라는 사실을 감지한 듯 기이한 꿈을 꾼다. "꿈속에서 나는 전혀 다른 세상, 다른 차원 속에 놓여 있었고, 늘 무서움과 두려움에 떨다 깨곤 했다. 현실의 나와 꿈속의 나는 전혀 다른 인물이었고, 꿈에서 깨어날 때마다 의식이 분열되는 것을 느끼곤 했다." 불면증에 시달리며 꿈과 현실을 분간하기 어려운 지경에 이르렀을 때 '나'는 혼몽한 상태로 쥐의 환영을 보게 된다. 쥐는 도처에 나타난다. 급기야는 며칠간 감시해 온 화면 속 여성의 주변에서도 우글거리는 쥐떼를 보게 된다.

꿈과 현실, 모니터 화면을 넘나드는 쥐의 환영보다 '나'를 더 충격에 빠트리는 것은 따로 있다. 화면 속 여성의 뒤편으로 아내가 의문의 남성과 만나는 장면이 찍힌 것이다. 불륜의 정황을 포착한 '나'는 처음으로 감시자의 규율을 깨고 방을 나서 종합상황실로 향한다. 종합상황실의 무수한 화면 속에서 아내를, 아니 진실을 찾고자 한다. 김 부장은 당장 방으로 돌아가지 않는다면 쥐를 먹이겠다고 협박하고, 그의 손에는 분명히 살아 움직이는 쥐가 들려 있다. 방으로 돌아온 '나'는 자신 역시 누군가의 감시 대상이며, 아내도 감시당하고 있었다는 당연한 사실을 그제야 깨닫는다. 하지만 그런 깨달음은 오히려 '나'를 공포에 질리게 만든다. 더구나 지난 십 년간 아내와의 결혼생활마저 현실이었는지 확신할 수 없다. '나'의 기억 속에는 아내에 대한 정보랄 것이 거의 없기 때문이다. 그때 아내가 싸준 도시락 속에서 쥐의 울음소리가 들리고, '나'는 도시락에서 나온 쥐를 보며 오히려 마음이 편안해진다. '나'는 마치 진실을 마주한 오이디푸스처럼 "행복한 웃음을 지어 보이며" 연필로 자신의 눈을 찌른다.

두 소설의 인물들은 모종의 비밀과 마주하게 되지만 진실의 심연에 가닿는 데에는 결과적으로 실패하고 만다. 그 과정에는 진실을 향한 호기심이 개입하고 있다.「검은 고양이」의 화자는 거듭 고양이 그림에 호기심을 느끼지만, 그림의 비밀은 반드시 밝혀야 할 대상이 아니라 그저 직업적인 호기심의 대상일 뿐이며, 결국 그림에 얽힌 내력은 뚜렷한 실체에 도달하지 못한다.「쥐의 미로」에서는 얼핏 모습을 드러낸 진실의 공포가 '나'의 호기심을 잠식해버린다. 오이디푸스가 진실을 보고도 보지 못하는 자신의 눈을 찌른 것과 달리 '나'는 진실을 외면하기 위해 눈을 찌른다. 이처럼 백건우의 소설은 진실을 향한 호기심의 나약함과 위험성을 보여준다. 미지의 것에 대한 호기심은 최초로 독이 든 열매를 먹어보기로 작정한 인간처럼 죽음도 불사할 욕망의 원인이자, 인류 문명 발전의 중요한 동력이었다. 그러나 금지된 욕망을 충족하려는 호기심은 때로 만용이 되기도 하며, 숨겨진 진실의 공포 앞에 무력해지기도 한다. 진실을 향한 도정은 현실에서도 소설에서도 결코 쉬운 일이 아니다. 각각 1998년과 2000년에 쓰였으나 비교적 덜 알려진「검은 고양이」(발표 당시 제목은「그림」)와「쥐의 미로」를 지금 읽는 일은 그 자체로 독자에게 마치 고문헌을 읽는 즐거움을 줄지도 모를 일이다. 그런 가운데 쉽게 진위를 확인할 수 없는 이 중첩된 허구와 사실의 세계에서 길을 잃지 않기 위해서는 백건우의 인물들이 실패한 지점을 거듭 곱씹어볼 수밖에 없을 것이다.

작가의 말

　예전에 쓴 소설을 시간이 흘러 다시 꺼내 읽으면 쑥
스럽고 부끄럽다.

　여기저기 고장 난 기계처럼, 수리해야 할 곳이 훤히
보이는데, 뻔뻔하게 날것으로 작품을 내놓는 건, 내 얼
굴이 두꺼워서가 아니라 스스로에게 솔직해지고 싶기
때문이다. 이 소설을 쓸 때의 나는 '이 정도'였다는 걸
숨기고 싶지 않다.

　문단 말석에서 선배, 동료 작가들의 이름을 부끄럽

게 하는 건 아닐까 늘 걱정하며, 발표할 지면이 없어 하
드디스크 속에 파일로 쌓아둔 원고를 가끔 뒤적이며,
내가 '소설가'라는 사실을 의심하면서 서 있는 자리가
어색해 주춤거렸다.

경기문화재단의 배려로 써놓은 소설 가운데 두 편을
세상에 드러내면서, 내 작품을 읽을 독자들을 생각하
면 기쁘면서 불안하다. 그래도 좋다. 원고가 하드디스
크 속에 갇혀 있는 것보다, 욕을 먹는 편이 백 배, 천 배
는 더 기분좋은 일이지 않은가.

2022년 11월
백건우

백건우

1988년 제1회 전태일문학상에 중편소설이 당선되며 데뷔했습니다. 1997년 〈문학사상〉 신인상을 받아 장편소설 『사이버 제국의 해커들』을 펴냈습니다. 소설보다 컴퓨터 책을 더 많이 썼고, IT 기업에서 몇 년 일했으며, 시골에서 이십 년째 살고 있습니다. 소설을 쓰는 한편, 만화평론도 합니다. 해마다 겨울에서 봄까지 칩거하며 장편소설 한 편씩을 쓰고 있는데, 누군가 봐주리라 기대하지 않고, 오로지 쓰는 즐거움으로 시간을 보냅니다.

검은 고양이

초판 1쇄 인쇄 2022년 12월 13일
초판 1쇄 발행 2022년 12월 23일

지은이 백건우

편집 강건모 이희연 정소리 | 디자인 윤종윤 이주영
마케팅 배희주 김선진 | 저작권 박지영 형소진 이영은 김하림
브랜딩 함유지 함근아 김희숙 고보미 박민재 박진희 정승민
제작 강신은 김동욱 임현식 | 제작처 영신사

펴낸곳 (주)교유당 | 펴낸이 신정민
출판등록 2019년 5월 24일 제406-2019-000052호

주소 10881 경기도 파주시 회동길 210
문의전화 031) 955-8891(마케팅) 031) 955-2692(편집) 031) 955-8855(팩스)
전자우편 gyoyudang@munhak.com

인스타그램 @gyoyu_books 트위터 @gyoyu_books 페이스북 @gyoyubooks

ISBN 979-11-92247-71-7 03810

이 책은 경기도, 경기문화재단의 지원을 받아 발간되었습니다.